Julius Schwieger

Ueber Carcinom der Leber

Antigonos

Julius Schwieger

Ueber Carcinom der Leber

Unveränderter Nachdruck der Originalausgabe von 1874.

1. Auflage 2024 | ISBN: 978-3-38635-094-5

Antigonos Verlag ist ein Imprint der Outlook Verlagsgesellschaft mbH.

Verlag: Outlook Verlag GmbH, Zeilweg 44, 60439 Frankfurt, Deutschland
Vertretungsberechtigt: E. Roepke, Zeilweg 44, 60439 Frankfurt, Deutschland
Druck: Libri Plureos GmbH, Friedensallee 273, 22763 Hamburg, Deutschland

Ueber
Carcinom der Leber.

INAUGURAL-DISSERTATION,

ZUR

ERLANGUNG DER DOCTORWÜRDE

IN DER

MEDICIN UND CHIRURGIE

VORGELEGT DER

MEDICINISCHEN FACULTÄT

DER FRIEDRICH-WILHELMS-UNIVERSITÄT

ZU BERLIN

UND ÖFFENTLICH ZU VERTHEIDIGEN

am 10. März 1874

VON

Julius Schwieger

aus Berlin.

OPPONENTEN:

Dr. med. A. M. Fritsche, pract. Arzt etc.
Dr. med. H. Krause, pract. Arzt etc.
Dr. med. E. Strauss, Königl. Unter-Art im 3. Nied.-
Schles. Inf.-Reg. No. 50.

BERLIN.

BUCHDRUCKEREI VON GUSTAV LANGE (PAUL LANGE).

Friedrichs-Strasse 103.

Seinen

theuren Eltern

in dankbarer Liebe

gewidmet

vom Verfasser.

Der Leberkrebs, eine der häufigsten der carcinomatösen Affectionen innerer Organe gehört zu der Reihe jener höchst perniciösen Leiden, welche den sicheren und raschen Untergang derjenigen Individuen, in deren Organismus sie ihren verhängnissvollen Wohnsitz aufgeschlagen, zur Folge haben.

Bei seiner Häufigkeit ist es zu verwundern, dass er sowohl, wie überhaupt die Krebse gewisser innerer Organe, keine strenge Abscheidung von anderen Tumoren dieser Organe erfahren habe. Zwar kannte man schon zu Hippocrates Zeiten Krebse äusserer Gebilde, besonders der Brustdrüse; allein ihr Vorkommen in inneren Organen blieb im wesentlichen noch unbekannt. Dazu trug jedenfalls die characteristische Eigenthümlichkeit der inneren Krebse bei, ulcerative Zerstörungen nicht zu veranlassen. Jede Verhärtung der Leber, in welcher Form der Leberkrebs besonders auftritt, wurde unter der gemeinsamen Bezeichnung Scirrhus zusammengefasst, ohne den Gedanken an Krebs aufkommen zu lassen. Die Entstehung solcher Scirrhen pflegte man von einer Hepatitis abzuleiten, welche Auffassung schon zu Galen's Zeiten existirte. Erst im 17. und 18. Jahrhundert erfuhren sie vielfach eingehendere Betrachtungen und sehen wir hier mit grosser Sorgfalt beschriebene Fälle als Steatome, weisse Körper, Lebertuberkeln, tuberculated disease etc. bezeichnet.

Den Franzosen **Bayle** und **Cayol** war es vorbehalten, die unter den verschiedenen Benennungen beschriebenen Geschwülste der Leber als Krebse gewürdigt und zugleich auf die Häufigkeit ihres Vorkommens aufmerksam gemacht zu haben. Man wendete fortan der Krankheit eine gesteigerte Aufmerksamkeit zu, wesshalb sich die Zahl der in den verschiedensten Schriften mitgetheilten Beobachtungen mehrte. Unter den grösseren Arbeiten sind besonders die von **Cruveilhier**, **Andral**, **Budd**, **Walshe**, **Lebert** hervorzuheben. Ihre Forschungen, verbunden mit den neuesten Ergebnissen, sowohl vom pathologisch - anatomischen, als vom klinischen Standpunkt aus betrachtet, finden wir heut niedergelegt in den Werken von **Rindfleisch**, **Virchow** (Archiv) **Frerichs** u. A., von denen besonders letzterer in seiner „Klinik der Leberkrankheiten" in 83 meist eigen beobachteten und zusammengestellten Fällen uns die wichtigste Anleitung über Auftreten, Verlauf und die diagnostischen Unterschiede an die Hand giebt.

Pathologisch - Anatomisches.

Das Lebercarcinom tritt unter verschiedenen Formen auf; je nach der Entwickelung des Fasergerüstes und dem mehr weniger reichen Gehalt an sogen. Krebssaft, reiht es sich bald den härteren Scirrhen, (Faserkrebsen), bald den weichen Markschwämmen (Medullarcarcinomen) an. Selten auftretende Formen sind der Blutschwamm, der Pigment-, Gallert- und Cystenkrebs.

Der **Faser-** und **Medullarkrebs** gestatten die mannigfachsten Uebergänge; im Allgemeinen zeigt ersterer in seinem äusserlichen Verhalten ziemlich derbe an der Oberfläche protuberirende Knoten von Hirsekorn- bis Faustgrösse und milchweissem Aussehen auf der Schnittfläche. Die bei weitem häufigste Form ist das Medullarcarcinom; es lässt mannigfache Consistenz- und Farbenunterschiede erkennen, je nach der Entwickelungsstufe und dem relativen Gehalt an milchartigem Krebssaft und Gefässen. Es tritt diese Form bald als umschriebene und scharf abgegrenzte Tumoren auf, bald breitet sie sich diffus und ohne scharfe Grenzen zwischen den Leberzellen aus.

Bei der diffusen Form, welche Rokitansky als medullarkrebsige Infiltration bezeichnet und die weit seltener als die besprochene Geschwulstform auftritt, findet man grössere Abschnitte der Leber in eine weisse Krebsmasse verwandelt; die Acini beharren in ihrer Gestalt, werden aber dicker und breiter und nehmen eine mehr grauweisse Farbe an.

Der Pigmentkrebs s. Carcinoma melanodes tritt zwar seltener doch immerhin häufiger in der Leber, als in irgend einem anderen Organ auf. Gewöhnlich neben einfachen Medullarknoten bestehend, zeigt er in Bezug auf Pigmentgehalt die mannigfachsten Abstufungen. Als kleine Knötchen in die Lebersubstanz eingesprengt, verleiht diese Geschwulstform dem Organ auf dem Durchschnitt ein granitähnliches Aussehen; es zeichnet sich dieselbe durch Wachsthum und schnelle Verbreitung aus.

Nicht minder selten als das vorige ist das Carcinoma teleangiectodes oder der Blutschwamm, welcher sich durch grossen Reichthum weiter und dünnwandiger Blutgefässe auszeichnet, die gelegentlich ausgedehntere Hämorrhagien herbeiführen.

Was ferner die von Frerichs beobachteten Cystenkrebse anbetrifft, so fanden sich in den Knoten derselben runde Höhlen von Erbsen- bis Wallnussgrösse, die mit einem serösen oder schleimigfadenziehenden Fluidum gefüllt waren.

Aeusserst selten findet sich in der Leber der Gallert- oder Alveolarkrebs; er ist meist von grossmaschigem alveolärem Gefüge, deren Alveolen angefüllt sind mit einer hyalinen Gallertmasse.

Dies sind die Formen, unter welchen das Carcinom in der Leber auftritt. Die Entstehung und das weitere Wachsthum der einzelnen Formen ist bis dato noch nicht geklärt. Namentlich differiren die Ansichten, ob die Capillarepithelien, die Leberzellen, Bindegewebe oder die Gallengangsepithelien den Ausgangspunkt bilden. Für den pigmentirten Medullarkrebs glaubt Rindfleisch die Gefässzellen als Erzeugerinnen der krebsigen Elemente nachgewiesen zu haben. Er führt deren Entstehung und Anhäufung im Gefässlumen auf eine Wucherung der Gefässepithelien zurück, und vindicirt so dem Blutgefässnetz hier die erste Anlage des Krebsstromes. Für das diffuse Medullarcarcinom wies er durch weitere Untersuchungen nach, wie es die Leberzellen selbst sind, welche durch vielfache Theilung und Umgestaltung zu Krebszellen werden. Auch aus den Frerichs'schen Versuchen ergiebt es sich mit Evidenz, wie an Stelle der Leberzellen die Krebszellen treten, und dass nicht etwa eine Verdrängung der Acini stattfindet, wie sie bei Echinococcus und anderen Neubildungen vorkommt. Im Gebiete der Art. hepatica finden sich in grosser Anzahl neugebildete Gefässe; bei ihrer Dünnwandigkeit kommt es häufig durch Bersten zu intensiven Blutergüssen, welche gewöhnlich auf die Krebssubstanz als apoplectische Heerde beschränkt bleiben, zuweilen aber nach Durchbruch der Leberhülle in den Peritonealsack hinein erfolgen und den augenblicklichen Tod durch Verblutung bedingen können. Die Aeste der Lebervenen pflegen auffallenderweise von krebsiger Infiltration verschont zu bleiben, während von der Pfortader nur grössere Aeste längere Zeit intact bleiben. Wird die Pfortader in den Process mit hineingezogen, so verdickt sich die Venenwand, entartet und sendet Wucherungen in das Innere der Vene, welche dieselbe theilweise oder vollständig ausfüllen, wodurch zugleich Blutgerinnungen und in kurzer Frist ausgedehnte Thrombosen mit den entsprechenden Kreislaufstörungen veranlasst werden können.

Die Veränderungen, welchen das Gewebe der Leberkrebse im Weiteren anheimfällt, gehören der regressiven Metamorphose an, und stellen sich dar als fettige Degeneration und Zerfall in eine emulsive Flüssigkeit. Dieser Detritus unterliegt nach und nach der Resorption, das Maschennetz retrahirt sich und bleibt schliesslich ein derbes, narbenartiges Gewebe übrig. Der Oberfläche wird durch den Schrumpfungsprocess ein narbiges, gedelltes Aussehen ertheilt, welches zu der irrthümlichen Ansicht verleitete, dass hier wirklich ein Heilungsprocess eingetreten sei; jedoch neben den regressiv veränderten Stellen des Centrums der Krebsknoten beobachtet man im Umkreise eine progressive Entwickelung und Wachsthum, welches den Beweis liefert, dass der Process als solcher nicht erloschen, sondern nur local gestört sei. Der Umfang der ganzen

Leber wird meist bedeutend vergrössert, und kann das Gewicht die Höhe von 15—20 Pfd. erreichen; gewöhnlich geht dies allmählig vor sich, besonders bei den fibrösen Krebsen, bei anderen rapider, und erwähnt Farre*) einen Fall, wo das Organ innerhalb 10 Tagen um 5 Pfd. zugenommen hatte; unter 31 von Frerichs aus eigenen Beobachtungen zusammengestellten Fällen war es 22 mal vergrössert, 3 mal klein, 6 mal von normaler Grösse. Die Gestalt der Leber wird durch den Krebs erheblich verändert, es verliert sich die glatte Oberfläche und erheben sich auf derselben Protuberanzen, welche derselben ein höckriges, knolliges Aussehen verleihen; dabei fühlt sie sich gewöhnlich viel härter an und resistenter als das normale Lebergewebe; hingegen treffen wir sie nicht selten weich, auf Druck nachgebend, so dass man eine Fluctuation zu erkennen glaubt und das Carcinom für Echinococcen oder einen Leberabscess*) zu halten geneigt ist.

Aetiologie und Pathogenese.

Das Auftreten der Leberkrebse ist in den seltneren Fällen ein selbstständiges und primäres, viel häufiger ist es ein metastatisches durch Krebsneubildungen in anderen Organen hervorgerufenes Leiden, weniger häufig entsteht es durch das Fortschreiten einer krebsigen Affection in continuo von den Nachbarorganen.

Seine Beziehungen zu anderen carcinomatös ergrif-

---

*) Morbid Anatomy of the liver.

*) Cruveilhier beschrieb solche fluctuirende Geschwülste der Leber als Ascès cancéreux, welche sich im Gefolge von Carcinoma uteri entwickelt hatten und die bei der Punction eine grauweiss-flüssige Masse entleerten.

fenen Organen sind zwiefacher Art, entweder sind jene das primäre und wird von ihnen aus secundär die Leber in Mitleidenschaft gezogen, oder das Lebercarcinom bildet den Ausgangspunkt.

Es machen die primären Leberkrebse etwa ein Viertel der Fälle aus; die übrigen, secundärer Natur, leiten ihren Ursprung von anderweitigen Krebsen im Organismus ab und entwickeln sich diese theils durch Dissemination, theils auf metastatischem oder lymphatischem Wege. Empirisch steht fest, dass zu Krebsen aller Organe secundär Leberkrebs hinzutreten kann*), gewöhnlich sind es die Unterleibsorgane, deren venöse Gefässe sich zur Pfortader sammeln, und von diesen wieder besonders der Magen. Die Zusammenstellung von 91 Fällen (Frerichs) theils eigner Beobachtung (31), theils fremder (60), weist 22 primärer und 69 secundärer Natur auf, von letzteren waren 46 von solchen Organen herzuleiten, deren venöses Blut der Pfortader zufliesst, darunter 34 Fälle allein von Magenkrebs; die übrigen 23 Carcinome anderer Organe, welche als primär angesehen werden mussten, vertheilten sich auf die Brustdrüse, Uterus, Ovarien, Auge, Knochen, Gehirn, Mediastinum, und einen Hautkrebs der Ferse.

Die Ursachen für die Entstehung der Leberkrebse sind ebenso dunkel, als die Ursachen dieser Neubildung überhaupt. Was wir für die Aetiologie anführen können, sind statistische Ergebnisse, welche dem Klima, Geschlecht, Alter, Heredität etc. mehr oder weniger Prädispositionsfähigkeiten zusprechen.

---

*) Frerichs beobachtete einen Fall, wo nach Exstirpation der Mamma erst 9 Jahr später secundär Leberkrebs sich entwickelte. a. a. O. II 291.

In den heisseren Ländern, wie Indien etc. soll sie seltener zur Beobachtung gelangen, während bei uns unter 75 Leichen jedesmal eine auf Leberkrebs kommt.

Das Geschlecht übt auf die Entstehung unserer Krankheit einen geringeren Einfluss aus, als man allgemein glaubt; nach kleineren Zusammenstellungen fällt die Mehrzahl der Fälle bald auf das männliche, bald auf das weibliche Geschlecht; bei grösseren hebt sich der Geschlechtsunterschied auf.

Einen entschiedeneren Einfluss übt das Alter aus, indessen nicht so, als es bei Krebsen in anderen Organen der Fall ist, da die Leber in jedem Lebensalter zu secundären Ablagerungen geneigt ist. 72 von Köhler gesammelte Fälle ergaben, dass die Leber zwischen den Jahren 40—70 in ungefähr $^2/_3$ der Fälle krebsig erkrankt war, und die grösste Häufigkeit innerhalb dieses Zeitraums auf die Jahre 50—60 fällt; ein Fall betraf das 18. Lebensjahr.

Ein Causalnexus mit besonderen Schädlichkeiten, als üppige oder unzureichende Lebensweise, Missbrauch von Spirituosen, Verletzungen der Leber hat sich aus den bisherigen Erfahrungen nicht mit Sicherheit erweisen lassen, dasselbe gilt von der Heredität, welcher einige Autoren einen besonderen Einfluss vindiciren wollen.

Symptome. Verlauf. Prognose.

Die Symptome, durch welche sich das Krankheitsbild der Lebercarcinome manifestirt, sind mannigfacher Art, doch giebt es keines, welches durch sein constantes Auftreten als diagnostisch sicheres Zeichen uns sofort auf dieses Leiden hinführte; es kommen auf diese Weise Fälle vor, welche nur die Autopsie als Leberkrebs zu erkennen giebt, deren Diagnose bei Lebzeiten nicht möglich war. Hier sind es besonders die im Verlauf des Leberleidens eintretenden Folge-erkrankungen wie Peritonitis, Pleuritis, Ascites etc., welche das Hauptleiden verdecken, oder die den Leber-krebs hervorrufenden primären Krankheiten, welche die Aufmerksamkeit von dem Leberleiden ab- und jenen ausschliesslich zuwenden. Die subjectiven Be-schwerden, welche den meist im vorgerückten Lebens-alter sich befindlichen Individuen im Beginn des Lei-dens erwachsen, beschränken sich auf ein unbehag-liches Gefühl von Vollsein, Auftreibung und Empfind-lichkeit im Epigastrium und rechten Hypochondrium, Symptome, wie sie auch bei sonstigen chronischen Leberkrankheiten vorkommen, und die den Verdacht von Krebs selten auf sich lenken. Erst nachdem diese Beschwerden eine Zeit lang angedauert, verändert sich allmählig das Krankheitsbild, die Schmerzen werden empfindlicher, lanciniren nach Schulter- und Lendengegend, es wird deutlich eine härtere Geschwulst in der Lebergegend bemerkbar, welche bei näherer Untersuchung die normalen Grenzen übersteigt und auf Druck schmerzhaft ist. In mehr als der Hälfte der Fälle gesellt sich dazu Icterus und Ascites, zu-weilen auch Oedem der Füsse. Der Appetit vermindert sich, der Stuhl retardirt, seltener diarrhoischer Natur. Zugleich wird dem äusseren Habitus der Kranken früh-zeitig jenes unverkennbare characteristische cachec-tische Gepräge verliehen, welches den Beginn des Verfalls der vegetativen Functionen anzeigt, welches sie unter allmähligem Marasmus dem Ende ihres Lei-dens und Lebens entgegenführt.

Die Volumszunahme der Leber, die nach oben wie nach unten hin meist zu constatiren ist, sowie die Formenverhältnisse derselben bilden die wichtigsten Symptome; in späteren Stadien nimmt sie mitunter so colossal an Umfang zu, dass nur bei leukämischen Tumoren, Echinococcussäcken etc., eine ähnliche Vergrösserung sich constatiren lässt; die Anschwellung kann so bedeutend werden, dass das Organ fast die ganze Bauchhöhle ausfüllt. Die Oberfläche dieser durch die Bauchdecken hindurch tastbaren Geschwulst ist meist uneben und zeigt knollige, rundliche Protuberanzen, welche sich entweder hart anfühlen und bei Druck empfindlich sind, oder sie sind weich, fast fluctuirend und schmerzhaft.

Die Schmerzhaftigkeit, welche je nach dem Character der Geschwulstform von verschiedener Intensität sein kann und nicht andauernd vorherrscht, pflegt durch Dehnung und entzündliche Processe der Leberkapsel hervorgerufen zu werden; mitunter fehlt sie gänzlich; dasselbe gilt aber auch von den beiden anderen Symptomen, der Volumzunahme und der unebenen knolligen Oberfläche, welches ebenfalls keineswegs constante Erscheinungen bei Lebercarcinom sind; nach statistischen Berichten vermisst man die Vergrösserung in fast einem Viertel der Fälle, und sind dann auch die Knollen der Palpation nicht zugänglich; es kann die Oberfläche der vergrösserten Leber selbst glatt erscheinen, wo jene in der Tiefe sitzen. Desshalb darf man aus dem Fehlen aller dieser Symptome keineswegs sicher auf das Nichtvorhandensein von Krebs schliessen.

Nächst diesen ist der Icterus eines der wichtigsten

Symptome, manchmal das einzige, welches direct auf eine Leberaffection hinweist, wenn er sich auch in kaum der Hälfte der Fälle zeigt; einmal entwickelt hält er während der ganzen Dauer der Krankheit ohne zu verschwinden an. Hervorgerufen durch partielle oder totale Gallenstase weist er alle Intensitätsgrade auf, je nachdem die Geschwulstmassen grössere Gallengänge comprimiren oder die Compression auf den Ductus choledochus ausgeübt wird. Nicht immer sind die Krebstumoren im Verlaufe solcher die Ursache des Icterus, derselbe und die gleichzeitige Entfärbung der Faeces hängt vielmehr oftmals von Catarrhen der Gallenwege ab.

Häufiger als der Icterus gesellt sich Ascites zu Lebercarcinom. Derselbe steigert sich oft zu einer so beträchtlichen Höhe, dass bedenklichere Respirations- und Circulationsstörungen entstehen, denen nur eine schleunige Punction Abhülfe verspricht. Für den Ascites kann die Ursache eine chronische Peritonitis sein, welche von der Leber aus, sich über das Bauchfell verbreitend, die Transsudation einleitet; häufiger jedoch ist er die Folge der Hemmung des Pfortaderkreislaufs, wenn grössere Aeste desselben oder der Stamm durch Geschwulstmassen comprimirt oder verstopft werden.

Als Folgen der gestörten Blutcirculation sehen wir Magen- und Darmcatarrhe den Leberkrebs compliciren. Als Zeichen der gestörten Verdauung pflegt frühzeitig Appetitmangel aufzutreten, ferner Uebelkeit, Auftreibung des Epigastrium, daneben retardirter Stuhl; selten zeigen sich Diarrhoen, die bisweilen auch einen dysenterischen Character tragen. Nur in wenigen

Fällen bleiben die Functionen des Magens und Darms geregelt und der Appetit gut.

Die Milz findet sich selten vergrössert bei Leberkrebs.

Die Erscheinungen seitens des Respirationsapparates können in Störungen bestehen, welche durch das Uebergreifen des krebsigen Processes auf Pleura und Lungen veranlasst werden, jedoch pflegt die Athmung dadurch nicht wesentlich beeinträchtigt zu werden. Von grösserem Belang sind Compressionen besonders der rechten Lunge, die von dem sich nach allen Seiten hin ausdehnenden Tumor, oder von dem Ascites, oder von einer Pleuritis dextra abhängig zu sein pflegen. Ueberdies leiten in den späteren Stadien, wie bei allen Cachexien so auch hier, Lungenödem und consecutive Pneumonieen oft den Tod ein.

Die psychischen Zustände erleiden nicht selten eine bedeutende Alteration mit deprimirendem Character. Die Kranken, durch die frühzeitig sich einstellende Entkräftung an das Zimmer und bald an das Bett gefesselt, befinden sich gewöhnlich in einer trüben, niedergedrückt geistigen Stimmung, welche durch die alltäglich sich wiederholenden und immer häufiger werdenden qualvollen Schmerzanfälle und die schlaflos verbrachten Nächte dauernd unterhalten werden.

Von Fieber wird Leberkrebs begleitet in einzelnen Fällen von rapiderem Verlauf; bei den chronischen Formen fehlt ein solches jedoch gänzlich; die Pulsfrequeuz ist dabei vermehrt.

Der Harn zeigt gewöhnlich bei etwas vorgeschrittener Krankheit eine trübe Färbung und ziegelrothe Niederschläge; das Volumen ist gering, noch geringer bei bestehenden hydropischen Ergüssen; ist Icterus vorhanden, so zeigt der Harn die hierbei characteristischen Eigenschaften; Eiweissgehalt weist auf eine gleichzeitig bestehende Nierenaffection.

Die Erscheinungen, welche die sogenannte **Krebs-cachexie** ausmachen, entwickeln sich beim Leberkrebse ziemlich bald, erreichen aber nicht den Grad wie beim Magenkrebs. Es manifestirt sich dieselbe durch eine enorme Abmagerung mit gleichzeitigem Schwund der Musculatur und des Panniculus, sowie durch ein erdfahles, schmutzig graugelbes oder lehmfarbenes Colorit der Haut, welche sich zugleich mit zerstreuten Chloasmaflecken bedeckt zeigt. Nur ausnahmsweise erscheint die Constitution nicht alterirt, der äussere Habitus der befallenen Individuen unverändert. **Frerichs** erwähnt zwei Fälle, wo die Kranken wohlgenährt, von kräftigem Bau und sonst gesundem Aussehen waren; bei beiden lag Carcinoma medullare vor.

Der allgemeine Kräfteverfall und die sich immer steigernde Beeinträchtigung aller nutritiven und functionellen Verhältnisse schreitet bald schneller, bald langsamer vorwärts, je nach dem Character und der Intensität der störenden Momente, welche bald stärker, bald schwächer ihre Wirkung äussern. Vor allem werden die krebsigen Neubildungen im Verhältniss ihres Wachsthums auch entsprechende Mengen von Albuminaten etc. auf Kosten des Gesammtorganismus an sich ziehen, ohne dass solche diesem immer so rasch compensatorisch wieder ersetzt werden können. Desshalb dürften die langsamer wachsenden Scirrhen einen geringeren Einfluss auf die Consumption der Kräfte äussern, als die weichen Medullarcarcinome*). Ferner sind die Nachtheile in Betracht zu ziehen, die durch den Untergang eines grossen Theils des Leberparenchyms erwachsen, desgleichen grössere hydropische Ergüsse, mit denen die Bauchhöhle frühzeitig gefüllt zu werden pflegt; auch sind es Blutungen, theils innerhalb der Tumoren selbst, theils nach aussen, theils Hämorrhagien des Magens und Darms in Folge der Hemmung des Pfortaderkreislaufs, welche die Erschöpfung beschleunigen.

Der Verlauf der Krankheit ist in der Regel ein langsamer, bisweilen sich auf mehrere Jahre erstreckender; jedoch giebt es acuter verlaufende Fälle, die mit vier bis sechs Wochen ihren Abschluss erfahren. Das letzte Stadium schliesst mit einem allmähligen Zusammenfall, die Folge des Krebsmarasmus, oder es wird abgekürzt, wenn der Aufbruch eines oberflächlichen Knotens oder eine Blutung eine acute Peritonitis nach sich zieht, oder eine der Complicationen sich entwickelt.

Der Ausgang des Leidens ist ein absolut lethaler. Die von Oppolzer, Bochdaleck u. A. angeführten Fälle von Heilung haben sich, soweit sie sich controliren liessen, als irrig erwiesen; beobachtet man

---

*) Wenn es im Gegensatz hierzu Fälle giebt, wo Individuen neben Medullarcarcinomen kräftig, wohlgenährt und gesund erscheinen, so dürfte dies noch nicht gegen unsre Behauptung sprechen; die beiden von Frerichs beobachteten hierher bezüglichen Fälle endeten binnen kurzem lethal; bevor der Verfall der vegetativen Functionen genügend vorgeschritten und der cachectische Habitus zu Tage getreten, können leicht complicirende Zufälle, wie Blutergüsse in das Cavum peritonei etc. ein schnelles Ende herbeiführen, wie es auch hier der Fall war.

auch Atrophie der ältesten Partien der Neubildung und regressive Metamorphose daselbst mit Schrumpfung und Narbenbildung, so fanden sich doch im Umkreise solcher Stellen progressives Wachsthum derselben: ein Zeichen, dass der Process als solcher nicht erloschen ist oder stillsteht.

Unter diesen Umständen wird die Prognose immer eine sehr traurige sein, die mögliche Lebensdauer hängt vorzüglich von dem mehr weniger langsamen Verlauf, von den Combinationen mit anderen Krebsen, von den Complicationen und dem Grad des Allgemeinleidens ab.

Differentialdiagnose.

Die Erkenntniss der Lebercarcinome wird in der überwiegenden Mehrzahl auf geringe Schwierigkeiten stossen, da das Organ meist der äusseren Untersuchung zugängig ist und so die Veränderungen deutlicher hervortreten lässt. In manchen Fällen ist die Diagnose schwer oder gar nicht möglich: keine Vergrösserung, geringe Schmerzhaftigkeit der Leber; die Tumoren entziehen sich der Palpation etc.; nur einzelne Symptome, besonders der zunehmende Marasmus, lassen die Vermuthung auf ein krebsiges Leiden der Leber wach werden; es gilt dies vornehmlich da, wo Leberkrebse sich langsam entwickeln und sich auf einen kleinen Theil des Parenchyms localisiren: die Functionsstörungen sind gering, die Symptome scheinen auf ein chronisches Unterleibsleiden hinzuweisen oder werden einfach für Hypochondrie ausgegeben. Ganz besonders schwierig sind die Anfänge der Krankheit zu bestimmen bei dem Mangel jeglicher hervorragender Symptome.

Einzeln betrachtet kann zunächst die Amyloid-
leber leicht durch ihre colossale Volumzunahme zu
Irrthum Anlass geben, doch werden die ätiologischen
Verhältnisse und gewisse Symptome derselben den
Unterschied meist erkennen lassen. Als Causalmomente
für die amyloide Degeneration der Leber werden wir
immer ausgedehnte cariöse, tuberculöse oder syphilitische Processe nachweisen müssen; ferner besteht daneben Schwellung der Milz und Albuminurie, Glätte,
gleichmässige Härte und Schmerzlosigkeit der Geschwulst.

Die syphilitische Leber bietet bei ihrer un
ebenen, durch Narbencontractionen vielfach gelappten
und knolligen Oberfläche oft nur durch den weiteren
Verlauf oder durch das gleichzeitige Bestehen anderer
syphilitischer Affectionen oder den Nachweis früher be-
standener Lues Unterscheidungsmerkmale vom Leberkrebs; überdies behalten die schmerzlosen Tumoren
die Consistenz des normalen Leberparenchyms.

Viel leichter täuscht die cirrhotische Leber,
welche eine höckerige Oberfläche hat und zeitweise
schmerzhaft ist; diese periodischen Schmerzen jedoch
im Gegensatz zu der für das Carcinom characteristischen andauernden Schmerzhaftigkeit sichern hier die
Diagnose.

Seltener wird eine Schnürleber irre leiten; die
Leber scheint durch den abgeschnürten Theil nach
unten vergrössert; doch ist der durch die Schnürfurche
abgegrenzte, sich tumorenhaft anfühlende Theil von
normaler Consistenz, geringer Empfindlichkeit und
lenkt die fehlende Cachexie den Verdacht von Carcinom ab.

Mit Leberabscessen haben weiche, sehr rasch wachsende Krebstumoren grosse Aehnlichkeit, namentlich wenn sie nicht, wie dies meist der Fall ist, durch Schüttelfröste und Fieber ihre wahre Natur verrathen, oder der weitere Verlauf entscheidet.

Bei etwa im Colon transversum angesammelten Fäcalmassen schafft eine tüchtige Reinigung des Darmtractus durch Ricinus Aufklärung.

Hydrops cystidis felleae und Gallengangectasieen, wenn sie allein bestehen, sind durch das Fehlen anderer Krebssymptome nicht zu verkennen, wiewohl Vergrösserung und Empfindlichkeit der Leber und icterische Erscheinungen auftreten. Sind aber diese Zustände durch Verengerung oder Verschliessung des Ductus choledochus und cysticus durch Carcinom des Duodenum und der Lymphdrüsen in der Nähe der Capsula Glissonii erst hervorgerufen, alsdann dürften die varicös erweiterten und in ihren Wandungen verdickten Gallengänge, sowie die prall gespannte, etwas fluctuirende Gallenblase schwer von Carcinomen, besonders den weicheren, zu unterscheiden sein.

Von Hydatidensäcken in der Leber bieten sie eine schwierige Differentialdiagnose, in manchen Fällen ist eine solche gar nicht zu stellen. Die diagnostisch wichtigsten Zeichen der Hydatiden sind glatte, kuglige, elastische Geschwülste, welche Vergrösserung der Leber bedingen und sie unter den rechten Rippenrand hinabdrängen, Fluctuation und das sogenannte Hydatidenschwirren; selten wird über Beschwerden in der Leber geklagt, ebenso pflegen Icterus, Ascites und gastrische Störungen zu fehlen. Abweichend von diesen gewöhnlichen Erscheinungen ist die Fluctuation zuweilen nicht nachzuweisen, wo ein Sack z. B. die Bauchwand nicht unmittelbar berührt oder die Wände desselben verdickt, cartilaginös oder verkalkt sind, doch spricht vorhandene Fluctuation durchaus nicht gegen Krebs; finden wir selbige nicht auch bei den weichen cystenartigen Medullarcarcinomen? Haben diese nicht zugleich dieselbe glatte, kuglige, elastische Oberfläche wie Echinococcussäcke? Das Hydatidenschwirren verliert als besonderes Characteristicum seinen Werth, weil es in mehr als der Hälfte der Fälle nicht wahrgenommen wird. Der Einwand, dass den Echinococcen jene characteristische Krebscachexie fehle, erfährt darin seine Zurückweisung, dass dieser nicht selten auch bei Medullarcarcinomen ausbleibt, während dagegen mit Pleuritis, eitriger Peritonitis etc. complicirte Echinococcen den Patienten ein äusserst cachectisches Gepräge geben, und diese auch dem Marasmus erliegen. Haben demnach Hydatidensäcke keine bedeutende Abweichung der normalen characteristischen Lebercontouren herbeigeführt, hingegen Carcinomknoten keine zu derbe Consistenz und knollige Beschaffenheit, so dürften die angeführten Symptome eine sichere Diagnose schwerlich stellen lassen. Ist es in solchen zweifelhaften Fällen nicht möglich, nach sorgfältiger Abwägung aller Verhältnisse die Diagnose zu eruiren, so bietet sich uns als letztes Auskunftsmittel die Untersuchung mit dem Explorativtroicar. Die Anwesenheit von Scolices in der Punctionsflüssigkeit darf uns alsdann keinen Zweifel über die Natur der Geschwulst lassen.

Wir haben schliesslich noch Carcinome benachbarter Organe, des Magens, rechten Niere, Pancreas,

Omentum, Glissoncapsel etc., welche Verwechselungen mit Krebs der Leber geben könnten. Diese genau zu eruiren hat oft wenig Zweck und klinisch keinen oder geringen Werth, zumal wir finden, dass Carcinome dieser Organe nur allzu häufig neben Leberkrebs einhergehen; dies gilt besonders vom Pfortaderkrebs und dem der Caps. Glissonii. Die übrigen unterscheiden sich gewöhnlich durch die Form und Begrenzung der Geschwulst, welche von den Contouren der Leber wesentlich abzuweichen pflegt; Magenkrebs characterisiren die sehr erheblichen gastrischen Beschwerden neben blutigem Erbrechen.

Therapie.

Bei der absoluten Unheilbarkeit des Krebses kann von erfolgreichen und radicalen Massregeln nicht die Rede sein und müssen wir uns bei der Behandlung des Leberkrebses auf ein symptomatisches Verfahren beschränken; daneben hat man durch zweckmässige Ernährung die Kranken möglichst lange bei Kräften zu erhalten. Um nun nicht durch fehlerhaftes und voreiliges Verfahren einerseits den unglücklichen Ausgang zu beschleunigen, andererseits aber heilbare Affectionen zu verkennen und sie einer ungeeigneten Therapie zu unterwerfen, ist es vor allem nöthig, durch genaue Untersuchung die Diagnose festgestellt zu haben. Ist man über die Natur des Leidens einig, vermeide man Quecksilber- oder Jodpräparate, ferner Arsenik, Carlsbader Brunnen; sie helfen nichts, führen vielmehr den an und für sich schon zerrütteten Organismus schneller dem lethalen Ende zu. Die Schmerzen mässige man durch warme Ueberschläge mit narcotischen Stoffen, narcotische Einreibungen, laue Bäder und inneren Gebrauch der Narcotica.

Die Verdauung regele man durch bittere Extracte in aromatischem Wasser gelöst, die Darmfunction durch Rheum, Aloë und ähnliche. Bei Abschluss der Galle vom Darm empfiehlt Frerichs den Zusatz von Natr. cholein.*), um die Darmverdauung zu bessern und die Gasbildung zu mindern.

Gegen die Abnahme der Kräfte gebe man leichte nahrhafte Diät, als Roborans China, kleine Gaben von Ferr. lact., ferner Pyrmonter und Franzensbader Wasser.

Gegen bestehenden hochgradigen Ascites ist wenig zu thun; Diuretica helfen zu nichts; die Punction würde zwar dem Kranken momentane Erleichterung schaffen, doch die Entkräftung und den lethalen Ausgang beschleunigen.

Auf diese wenigen unbedeutenden Erleichterungen von noch dazu zweifelhaftem Erfolge beschränkt sich unser ganzes therapeutisches Eingreifen in den verhängnissvollen Verlauf dieser hoffnungslosen Krankheit, welche ihren Träger durch ein langes Siechthum hindurch einem allmähligen, doch sicheren Tode entgegenführt.

Es folgt hier die Geschichte zweier Fälle, welche auf der Frerichs'schen Klinik des hiesigen Charité-Krankenhauses zur Behandlung kamen und die Ver-

---

*) Rp. Fel tauri inspiss. sicci 5,0
    Mucil. Gi. arab. gtt. XV. f. pil. N. XXX.
  Ds. 3 mal tgl. 2 Pillen.

fasser selbst Gelegenheit hatte, in ihrem Verlaufe zu beobachten; das Material wurde demselben bereitwilligst von dem Assistenten Herrn Dr. Ewald mit Genehmigung des Herrn Geh. Med.-Rath Prof. Dr. Frerichs überlassen, welchen an dieser Stelle den verbindlichsten Dank.

I. Fall. S. Schulze, 67jähr. Wwe., am 11. 7. 73 aufgenommen, am 22. 7 gestorben.

Anamnese: Pat., die mehrere normale Wochenbetten überstanden hat, spürte vor ca. 5 Monaten Schmerzen in der Leber- und Magengegend, die bald mit häufigem Erbrechen von schwarzbraunen Massen, besonders nach dem Essen, verbunden waren; desgleichen bemerkte Pat. eine Anschwellung des Leibes und eine harte Geschwulst in der Lebergegend. Seit einiger Zeit besteht Hydrops der unteren Extremitäten.

Status praesens: Pat. sehr abgemagert; Füsse und Unterschenkel geschwollen; Anasarca der Bauchdecken und der Lumbalgegend; mässig starker Ascites. 3 Ctm. unter dem r. Rippenrand, 13 Ctm. von der Mittellinie fühlt man einen knolligen, mit der Leber zusammenhängenden Tumor, der sich weiter nach links und unten verfolgen lässt, bis man ihn direct unter dem Nabel fühlt, von einer scharfen Kante begrenzt. Auf der Oberfläche der überaus schmerzhaften Geschwulst sind zahlreiche, isolirt stehende kirsch- bis wallnussgrosse Knoten durchzufühlen. Die Leberdämpfung reicht nach oben bis zur 4. Rippe, nach links geht sie in die Milzdämpfung über. Kein Icterus; Herztöne rein. Percussionsschall vorn auf den Lungen normal, hinten jedoch überall etwas matt und kurz; vorn vesiculäres Athmen, bei jeder Inspiration ein schnurrender Ton; hinten dasselbe, aber schwächer. Puls 120, klein. Pat. sehr matt und nur schwer beweglich; sie giebt an, überall Schmerzen zu haben und sucht häufig ihre Lage zu wechseln. Appetit fehlt gänzlich; Zunge nicht belegt; Stuhl nicht retardirt. Ord.: Vin. Xerens. s. Vitell. — Im weiteren Verlauf der Krankheit zeigten sich wiederholte Dyspnöeanfälle, Schlaflosigkeit, unter zunehmender Schwäche trat der Tod ein.

Obduction, 23. 7; Dr. Ponfick: Sehr starke Abmagerung; Musculutur dürftig, blass und schlaff; Unterhautfettgewebe fast gänzlich geschwunden. Die Organe der Brusthöhle boten keine besondere Anomalieen: Herzmusculatur schlaff, schmutzig-graubraun; Aorta und Klappenapparat theilweis sclerosirt; die Lungen zeigten geringe Atrophie, ödematös; der rechte untere Lappen vollständig comprimirt, derb und zäh. Zwischen den Darmschlingen und der vorderen Bauchwand sowie jenen unter sich bestehen zahlreiche feste Verwachsungen; ebenso zwischen Netz und vorderer Bauchwand; desgleichen mit dem Fundus uteri. Milz mit dem Zwerchfell durch feste Adhäsionen verbunden, sehr klein, geschrumpft; Kapsel verdickt, blutarm. Magen stark zusammengezogen und missgestaltet; zeigt im Innern ein sehr umfängliches, bis tief in die Muscularis reichendes Ulcus carcinomatosum; Cardia und Pylorus sind von demselben frei geblieben. Netz retrahirt, verdickt, derb anzufühlen. Leber sehr bedeutend vergrössert; ihre Oberfläche zeigt eine Reihe grosser, unregelmässiger Höcker, besonders am äusseren unteren Umfange einen mannsfaustgrossen Höcker. Auf dem Durchschnitt erweisen sich diese bestehend aus einer theils weisslich markigen, theils schwefelgelben Käsemasse. Das zwischenliegende Lebergewebe hellbraun, Acini deutlich; Peripherie ein gelbbrauner Ring, Centrum dunkelbraun. Viele Knoten zeigen bereits deutlich narbenförmige Einziehungen. Im Pfortadersystem zahlreiche Thrombosen. Der Hauptstamm ist vollständig verstopft durch einen daumendicken theils markig aussehenden, theils schwarzrothen coagulumartigen Pfropf, welcher sich einerseits in die Milzvene, andererseits in die Vv. mesent. eine Strecke weit verfolgen lässt. Sämmtliche Pfortaderäste des rechten Leberlappens sind durch festere Gerinnsel verstopft. Aehnliches in den Kranzarterien des Magens. Schleimhaut des Dünndarms diffus schiefrig gefärbt, die des Colon unverändert.

Epikrise: Der Fall ist in mannigfacher Beziehung von Interesse; ausser zahlreichen Lebercarcinomen bestand ein Ulcus carc. ventriculi, ausgedehnte Thrombosirungen im Pfortadergebiet, eine chronische adhäsive Peritonitis, Ascites, Oedema pulm. etc. Der Thrombus in der Pfortader war alt, hervorgegangen aus der carcinomatösen Betheiligung der Magenvenen; sonderbar bleibt es, dass trotz des vollkommenen Verschlusses der Pfortader keine Symptome der Pfortaderstauung eintraten, als Haemorrhagieen im Magen und Darm, blutige Stühle, Schwellung der Leber etc. Milztumor konnte nicht entstehen, da die Kapsel stark verdickt war und so eine Schwellung nicht zuliess.

II. Fall. V. Ruhland, 50jähr. Wwe., am 9. 7. 73 aufgenommen, am 23. 7 gestorben.

Anamnese: Pat., die 14 Wochenbetten überstanden und vor 2 Jahren die Regel verloren, hat im Anfang dieses Jahres Schmerzen gespürt, die von der Milzgegend nach dem Nabel ausstrahlten und sich allmählig steigerten. Später gesellte sich Erbrechen der genossenen Speisen dazu und vor 3 Wochen Anschwellung des Bauches. Haut seit 14 Tagen gelb gefärbt.

Status praesens: Hochgradige Abmagerung; stark icterische Färbung des Gesichts und Truncus; starke eiförmige Auftreibung des Leibes. Auf dem Abdomen überall eine intensive Dämpfung, beim Anschlagen sehr starkes Fluctuationsgefühl. Eine Palpation der Bauchorgane ist nicht möglich. Der obere Rand der Leber beginnt in der Rückenlage in der Lin. parast. im 5. J. C. R., in der Lin. ax. durchschneidet sie die 8. C. und verläuft nach linksseitiger Seitenlage normal nach hinten. Ein Milztumor ist deutlich durch die Percussion nachzuweisen. Ueber den Lungen ist gar keine Veränderung zu constatiren. Herztöne schwach, aber ganz rein. Der Uterus steht ausserordentlich tief, Fundus hart; per rectum nichts Abnormes. An den unteren Extremitäten leichte Oedeme. Faeces vollkommen thonfarben, hart, übelriechend. Urin dunkelbraun, enthält reichliche Gallenpigmente, kein Albumen. Pat. erbricht braunroth gefärbte Massen von leicht saurem Geruch; beim Einführen des Schlundschwammes stösst man auf kein Hinderniss; im Erbrochenen keine abnormen Bestandtheile, besonders keine Sarcine oder Hefepilze. Klage über Leib- und Kreuzschmerzen. Stuhlgang retardirt. Puls 120, klein.

16. 7. Durch eine Punction wird aus dem Cavum abdominis ca. 3400 CCm. einer trüben, grünlich-rothen Flüssigkeit entleert. Pat. fühlt sich nach Beseitigung der Spannung des Abdomen etwas wohler. Jetzt lässt sich auch die Leber palpiren; ihr scharfer Rand ist ca. 1½ Ctm. unter dem Rippenbogen, 5—6 Ctm. bis in die Nähe des Proc. xiph. zu verfolgen; nach links geht die Leberdämpfung in die Milzdämpfung über. Unter dem scharfen Rand ragt eine stark höckrige Geschwulst hervor, die sich weit im Epi- und Mesogastrium ausdehnt; die Knoten haben Erbsen- bis Pflaumengrösse; rechts reicht die Geschwulst bis zur Nabelhöhe herab, links lässt sie sich bis zur Crista oss. il. verfolgen.

20. 7. Erneuerte Punction, da die Flüssigkeitsansammlung im Abdomen wieder sehr beträchtlich; 3100 CCtm. entleert.

23. 7. Unter hochgradiger Macies tritt am Abend der Tod ein.

Bei der Obduction fanden sich in der Brusthöhle keine besonderen Abnormitäten, ausser dass das Herz sehr klein, seine Musculatur intensiv braun ist und die Erscheinungen der Atrophia fusca aufweist. In der Bauchhöhle zeigt sich ausgedehnte Carcinose, welche sich nach oben auf die Pleura diaphragmatica und pulmonalis miterstreckt hatte, von da weiter auf den linken unteren Lungenlappen; reichliche, ziemlich intensiv icterische Flüssigkeit im Cavum abdominis; Omentum stark retrahirt, äusserst hart anzufühlen, birgt einige derbe und harte Knoten. Mesenserium stark contrahirt; Oberfläche desselben vielfach höckerig theils durch vergrösserte, sich verwölbende Lymphdrüsen, theils durch kleine graue derbe Knoten. Ueberall peritonitische Narben, die besonders nach der linken Seite hin eine bedeutende Retraction verursachten. Colon transv. mit Magen verwachsen, stark zusammengeschrumpft; dieser selbst äusserst verkleinert, sehr missgestaltet, zeigt ausgedehnte Carcinose von scirrhöser, nicht ulcerirender Beschaffenheit; die ganze Wandung verdickt, einzelne höckrige Knoten das Niveau nur wenig überragend. Duodenum vollständig retrahirt; Wand dem entsprechend stark gefaltet und eingekrümmt. Gallenblase stark ausgedehnt, überragt die Leber um 3″; auf Druck entleert sich keine Galle; diese selbst äusserst zähe, schwärzlich. Duct. cysticus, choledochus, hepaticus in die schwieligen Gewebe eingebettet, sind etwas erweitert, besonders der letztere ausser- und innerhalb des Leberparenchyms bis zu Kleinfingerdicke dilatirt; Wandungen verdickt. Stamm und Aeste der Vena portae frei, aber von gleicher schwieliger Masse umgeben. Leber verkleinert, derb anzufühlen, von graugrüner Färbung; Acini klein, aber deutlich; im linken Leberlappen, dicht unter der Serosa, diese nabelförmig einziehend, einige etwa kirschkerngrosse Knoten, desgleichen solche im Parenchym zerstreut. Milz nicht wesentlich vergrössert, von derber Consistenz, in derselben einige Carcinomknötchen. Pancreas atrophisch; desgleichen zeigen sich die Nieren verkleinert und indurirt.

Epikrise: Ohne Zweifel ist im vorliegenden Falle die Carcinose vom Magen ausgegangen, hat sich auf die Porta hepatis erstreckt und den Ductus cysticus,

choled. und hepat. in den Process hineingezogen; alle
diese fanden sich in scirrhotische krebsige Massen
eingebettet. Durch die Lymphgefässe vermittelt, be-
theiligte sich das Zwerchfell und die Lungen, welche
Affectionen sich beim Leben der Diagnose entzogen
hatten, während die gleichzeitig bestehenden Carcinome
des Bauchfells und des Omentum majus und minus
sich genau constatiren liessen.

THESEN.

1) Die Differentialdiagnose zwischen Carcinoma und Echinococcus hepatis ist in manchen Fällen nur durch den explorativen Troicar zu stellen.

2) Querlagen dürfen nie sich selbst überlassen, sondern müssen möglichst frühzeitig in Geradlagen umgewandelt werden.

3) Nur die Incision oder Excision der Tunica vaginalis vermag eine Radicalheilung der Hydrocele herbeizuführen.

Verfasser, geboren am 17. September 1849 zu Berlin, evang. Confession, erhielt seine Schulbildung auf dem Königl. Friedrich-Wilhelms-Gymnasium zu Berlin, welches er Ostern 1869 mit dem Zeugniss der Reife verliess. Am 25. April desselben Jahres in die Königl. med.-chir. Akademie für das Militair aufgenommen, nahm er an dem Feldzuge 1870/71 Theil, bestand am 11. November 1871 das Tentamen physicum, am 20. Februar 1874 das Examen rigorosum. Seit dem 1. Oktober 1873 ist er Unter-Arzt im 3. Garde-Regiment zu Fuss. Während seiner Studienzeit besuchte er die Vorlesungen und Kliniken folgender Herren, denen er zu besonderem Danke verpflichtet ist: Bardeleben, du Bois-Reymond, Braun, Busch, Dove, Ebert, Fraentzel, Frerichs, Gurlt, Hartmann, Hirsch, Hofmann, Juengken, v. Langenbeck, v. Lauer, Lewin, Liebreich, Liman, Loeffler, Loehlein, Peters, Reichert, Rose, Rosenthal, v. Schewen, Schoeller, Schultz-Schultzenstein, Schweigger, Sonnenschein, Traube, Vahl, Virchow, Wegener, Werder, Westphal.